KB021628

# 길가에서

# 길가에서


**펴 낸 날** 2023년 07월 13일

**지 은 이** 이주성
**펴 낸 이** 이기성
**편집팀장** 이윤숙
**기획편집** 서해주, 윤가영, 이지희
**표지디자인** 서해주
**책임마케팅** 강보현, 김성욱
**펴 낸 곳** 도서출판 생각나눔
**출판등록** 제 2018-000288호
**주 소** 경기도 고양시 덕양구 청초로 66, 덕은리버워크 B동 1708호, 1709호
**전 화** 02-325-5100
**팩 스** 02-325-5101
**홈페이지** www.생각나눔.kr
**이 메 일** bookmain@think-book.com

• 책값은 표지 뒷면에 표기되어 있습니다.
ISBN 979-11-7048-580-3 (03810)

이/주/성/시/집

# 길가에서

생각나눔

# 목 차

## 9010

길가에서 · · · · · · · · · · · · · · · · 12

가을숲·13 | 강변에서 1·14 | 강변에서 2·16 | 과수원의 오후·18 | 그대에게·20 | 그토록 많은 길을 걸어왔지만·22 | 길 위에서·24 | 길가에서·26 | 나비야 청산 가자·27 | 단풍나무를 지나·28 | 도봉산 비둘기·30 | 밤새 천둥소리·32 | 봄날·34 | 봄비는 왜 내리누·36 | 부부·37 | 봄이 왔었다고·38 | 북서풍 매서운 바람이·40 | 비 오는 날의 풍경·42 | 사람 사는 게 다 그렇지·44 | 소래산에 비 내리고·46 | 시간·47 | 아, 놀랍구나·48 | 어여쁜 꽃·50 | 아내 1·51 | 아내 2·52 | 아내 3·54 | 알 수 없

는 길·55 | 어디로 가셨나요·58 | 여인·60 | 연인 1·61 | 연인 2·62 | 연인 3·63 | 오늘도 눈을 뜨면·64 | 오십고개 올라와·66 | 오십이 가까워지도록·68 | 오월의 숲에서·69 | 이렇게 기다리며·70 | 조약돌·71 | 잃어버린 추억·72 | 입맞춤·74 | 잠시 스치는 만남으로 하여·76 | 크리스마스를 지나면·78 | 파도는 어디에서 오는가·80 | 한 해는 눈 깜박할 사이·82 | 한계령에서·83 | 호랑나비가 되리라·84 | 호젓한 산길·87

늠내에서 . . . . . . . . . . . . . . 88

가을·89 | 가을산·90 | 갈림길·91 | 구름 속으로·92 | 구불구불·93 | 그 길·94 | 봄은 언제 왔노·95 | 산 위에 서면·96 | 산에 비가 온다·97 | 숲속 오솔길·98 | 숲은 조용하다·99 | 숲속의 가을·100 | 오월은 푸르다·102 | 오래되었다 늠내길이여·104 | 오월의 숲·105 | 오월의 숲은·106 | 오월의 오후·107 | 조용한 숲·108 | 진달래 피었다·109 | 이 가을을 다시 볼 수 있으랴·110 | 팔월의 늠내길·111

도시에서 . . . . . . . . . . . . . . . . 112

가을 빛 아래·113 | 가을비·114 | 노을 앞에 서서·115 | 가을의 별·116 | 눈이 내렸다·118 | 다시 돌아온 구월·119 | 도시에서의 젊음·120 | 도시의 일상·121 | 돌아가지 못하리·122 | 바람이 불어오는 언덕·123 | 봄비 내리네·124 | 봄의 햇살 방 안 가득 들어올 때·125 | 사월은 잔인한 달·126 | 새가 비에 젖어 울고 있다·127 | 새가 울지 않는 아침·128 | 새소리 들리지 않고·129 | 새야·130 | 어제 이곳에는·131 | 십일월·132 | 여름이 끝나갑니다·134 | 오늘은 한식·136 | 이른 아침에 비 내리고·137 | 창문 앞에서 살랑거리는 바람·138 | 팔월의 오후·139 | 창밖이 나를 유혹합니다·140 | 한없는 어두움·142

7020

흔 적 · · · · · · · · · · · · · · 146

영신가(迎新歌)*·147 | 가을날*·148 | 자규(自叫)*·149 | 거리에 가을비 내리고·150 | 그대여 돌아와 주려마·151 | 길거리에서 만난 봄·152 | 마지막 남은 여름·153 | 너·154 | 무제*·156 | 봄에·157 | 비 내리는 창가에 서서*·158 | 비가 내리는 날·160 | 산문시*·161 | 실(失)*·162 | 아무것도 아닌 것*·164 | 오늘 저녁·165 | 음악에·166 | 이별의 노래*·167 | 즉흥시*·168 | 현미여·169

오늘에서 · · · · · · · · · · · · · · ·170

가을날 숲에서 길을 잃다·171 | 가을비 내리는 창가에서·172 | 가을이 왔다·174 | 강이 흐르고 있다·175 | 구월의 도봉산·176 | 그 길을 나와서·177 | 그날도 매미는 그렇게 울었다·178 | 기다림·179 | 낙안읍성 가는 길·180 | 낮게 드리워진 구름·181 | 너와 나와 나란히·182 | 노을 뒤의 어두움·183 | 노을·184 | 누가 날 위해서 울어줄까·186 | 눈·187

| 대풍감 · 188 | 도동에 비 내리네 · 190 | 도봉산 보문능선 · 191 | 들짐승 · 192 | 먼 여행에서 돌아와 · 193 | 목련꽃 · 194 | 밤비 · 195 | 보름날 달빛에 · 196 | 비 오는 가을 아침 새가 울기에 · 199 | 비가 오고 있습니다 · 200 | 비 내리는 운주사 · 202 | 삼악산에서 · 204 | 삼월의 오후 · 205 | 새벽이 다가오고 있다 · 206 | 송도에서 · 207 | 새야 너는 · 208 | 손이 파르르 떨렸다 · 210 | 순창에서 · 212 | 아버지라네 · 213 | 애기동산에 서서 · 216 | 여름이 가고 있습니다 · 218 | 운명의 바람이 · 219 | 오월 · 220 | 운주사 돌부처를 생각하며 1 · 222 | 운주사 돌부처를 생각하며 2 · 223 | 운주사 1 · 224 | 운주사 2 · 226 | 을숙도에서 · 228 | 이제 빛은 한낮에도 눈부시지 않고 · 229 | 이제는 가야 할 때 · 230 | 작야세우성(昨夜細雨聲) · 231 | 인연 · 232 | 절벽의 낭떠러지 · 234 | 진달래 피었습니다 · 235 | 청계천에 봄이 왔다 · 236 | 초여름 오기 전 오월 · 237 | 태종대에서 · 238 | 팔월의 한낮 · 239 | 호수에 잠긴 구름 · 240

—

9010

# 길가에서

# 가을숲

가을 숲은 유난히 조용하다.

나뭇잎 떨어지는 소리.
마른 나뭇가지 지나는 바람소리.
솔방울 떨어지는 소리.

그리고 돌틈을 굴러내리는 물소리.
…
마지막 햇볕이 따사롭다.

## 강변에서 1

강 한가운데
조그만 섬.

여름이면 고향 그리워
물속으로 자취 감춘다.

올여름
섬은 실향민이 되었다.

고향을 잃어버렸다.

쓸쓸해진 섬은 물새들에게
친구 하자고 조른다.

새들은 섬이 싫어 아담한 연못
아늑한 호수 찾아 날아간다.

섬은
메마른 하늘과 빛나는 구름 사이에

홀로 길게 누웠다.

이따금 길 잃은 물새 찾아오면
함께 노닐 뿐
이제 고향마저 잊어버렸다.

(오늘도 백로 한 마리 날아들었다.)

섬은
백로의 긴 그림자
가슴에 꼬옥 안아본다.

행여 먼 옛날 아득한 냄새 잃을까
두려워하는 것처럼.

## 강변에서 2

우리는 그렇게
앉아만 있었다.

따뜻한 포옹도
뜨거운 입맞춤도 없이.

소리 없이
밤을 향해 흐르는 검은 강물.

세상의 문은 모두 닫혀졌고
빛마저 스러진 어둠의 동굴.

깊고 깊은 심연
절망도 희망도 없는 그 달콤함이
귓가에 속삭이는데

우리는 그저 그렇게
앉아만 있었다.
문득 강물.

날카로운 한 조각의
반짝임.

물비늘.
흘러가는 시간의 흔적들.

이제는 결코 돌아오지 않을
남아있는 그 시간들.

거기서
우리는 그저 그렇게
앉아만 있었다.

말없이.

## 과수원의 오후

새 울음 소리.

바람 한 점 들려오지 않는

과수원의 한낮.

더위에 지친 농부는

나무그늘 아래로 쫓겨가 버렸다.

농부는 이내 단꿈에 빠진다.

곡괭이 홀로 뙤약볕에 던져 놓고.

건너편 산골짝 어디선가

잊을 듯 이어지는 뻐꾸기 소리.

벌써 주먹만큼 커져버린 과수원의 사과들.

뜨거운 햇볕에 분노하여

빨갛게

더 빠알갛게

한없이 한없이 불빛으로 달아오르고.

시간은 소리도 없이
여름의 끝을 향해 치달아간다.

부시시 잠에서 깨어난 농부
서쪽 남은 해를 가늠해 보곤 다시 돌아눕는다.

여름날 오후의 숨 막힐 듯한 적막함.

나도 오늘 사과나무 그늘에 누워 단꿈에 젖는다.

## 그대에게

나는
그대의 삶에 들어가
그대의 모든 것으로써
나를 이룬다.

나의 빈방은
그대로 하여 채워지고
나의 등불은
그대로 하여 다시 타오른다.

어두움 속에서 그대는
동반자 되고
밝은 빛 쏟아지는 길에서는
정다운 눈웃음 보낸다.

그리하여 그대는 내 안에서
또다른 내가 되었다.

나는 그대의 거울이 되고

나는 그대의 손이 되고

그래서 나는
또다른 그대가 되어버렸다.

그대는 이 밤에 말없이 다가와
차가운 손
살며시 잡는다.

마치 눈 내리는 밤
따사로운 손길이
외로운 영혼 감아 안듯이.

## 그토록 많은 길을 걸어왔지만

그토록 많은 길을 걸어왔지만
아직도 길은
끝나지 않고 있다.

수많은 갈림길들.

누구를 위해 그토록 많은 갈림길들이
준비되어 있었을까.

안개 속 헤매듯
조심조심 갈래길 더듬어도
시행착오는 여전히 반복된다.

길은 언제나 나뉘어지고 갈라진다.
그것은 영원히 변치 않을
신들의 진리.

종착지를 알 수 없는 행로에서
갈림길은 신들의 도박.

그리고 우리는

수많은 가능성을 지닌 패 중의 하나.

언제든지 버릴 수 있는 수많은 패 중의 하나.

그토록 많은 길을 걸어왔지만

길은 아직도

끝나지 않고 있다.

(그리고 신들의 도박은 여전히 계속되고 있다.)

## 길 위에서

길은 길로 이어져 있습니다.
갈 곳 잃은 나그네는 길을 걷습니다.

길은 끝이 없고
나그네의 여정도 끝이 없습니다.

길은 길로 이어져 끝이 없지만
어제 누군가 걸었고
오늘도 누군가 걷습니다.

누군가 걸어야 하고
누구든지 걸어야만 하기에
나그네는 오늘도 멈추지 않고 걷습니다

아침 안개에 쌓인 숲
비 개인 오후의 무지개
저녁 무렵 지평선의 황홀한 노을
초저녁 달.

이러한 것들로 위안을 삼으며
나그네는 길을 걷습니다.

길은 길에 이어져 끝이 없지만
누군가는 걸어야 하기에.

# 길가에서

미루나무 두세 그루
아침안개 채 걷히지 않은 빈 들판 저쪽에
희미한 그림자로 서있다.

지난 밤 어디에서도 쉬지 못한 나그네는
안개에 휩싸인 채 길가에 주저앉는다.

어미를 기다리는 둥지 속 새끼들
울음소리
안개 속에서도 어미는 둥지를 찾아온다.

뉘라서 제집을 못 찾으리요만
길 잃은 나그네에겐
작은 안식조차 허용되지 않는다.

오직 끝없이 이어진 길 위의 여정만이 있을 뿐.

오늘도 나그네는 길섶에 앉아
지나온 길 더듬으며
아직도 먼 안식에의 날을 꿈꾸어 본다.

## 나비야 청산 가자

나비야
청산 가자.
세상 온갖 시름 떨쳐 잊고.

그리운 님일랑
흐르는 물에 작별하고

봄꽃 흐드러진
푸른 언덕을 넘어

나비야
다정히 손잡고 청산에 가자꾸나.

오색 영롱한 꽃구름은
그리운 님의 모습

한없이 펼쳐지는 풀밭은
그리운 님의 품.

나비야 청산 가자.

이승의 미련 모두 잊고
너와 나 다정히 청산에 가자꾸나.

## 단풍나무를 지나

단풍나무 아래를 지나
물소리 들으며
나는 산길을 올라간다.

이 길은 능선으로 오르는 길.

능선에 올라 푸른 하늘을 보고 싶다.
멀리 끝 간 데 없이 펼쳐진
너르고 너른 벌판을 바라보고 싶다.

오를수록 길은 너무 험하다.

나무등걸 돌뿌리에 채여
발끝에서는 눈물처럼 땀이 흐른다.

이 가을에 나는 왜 산에 오르는 걸까.

산이 있음에
산을 오르는 것이 아니라

갈 곳 없음에
산을 오르는 이 가을의 나.

나는 오늘도
작은 배낭 하나 메고
돌틈 흐르는 물소리 들으며

단풍나무 아래를 지나
산에 오른다.

## 도봉산 비둘기

도봉산 비둘기는 통통하다.
살이 올랐다.

하늘을 날지 않고 땅 위를 배회하며
등산객 눈치 살핀다.

늦겨울 초봄 앙상한 나뭇가지
바람끝 아직 찬데
양지바른 바위 아래 살찐 비둘기.

(어디선가 또 한 마리 나타났다.)

산에 사는
비둘기는
하늘을 놓아버렸다.
도시에 사는 비둘기처럼.

우리 안의 호랑이
심산을 그리워하고,

조롱 안의 매
창공을 그리워한다고...?

도봉산에 사는
비둘기는
하늘을 놓아버렸다.

도봉산 비둘기는 언제나 통통하다.
살이 올랐다.

하늘을 날지 않고 땅 위를 배회하며
등산객 눈치 살핀다.

행여 빵부스러기 던져줄까 하고.

## 밤새 천둥소리

후두둑
굵은 빗발 차양 때리는 소리

아침에 일어나니
소래산엔
구름 걸려있고

세차던 빗줄기
간데없이 사라져버렸다.

천지를 뒤흔들던 간밤의 빗줄기
모두 어디로 갔을까.

천둥소리 빗소리에
이 방 저 방 창문 단속하느라
잠마저 설쳤건만...

말갛게 아침 세수 끝낸 소래산은
발자락 골안개 휘감은 채

나에게 초록색 미소를 보낸다.

할 일 없는 나는
그 미소에서
자연의 섭리를 찾으려 하지만

소래산은 언제나처럼
그저 빙긋이 웃을 뿐.

## 봄날

언제나처럼 지하철을 타고
우리는 강가로 나간다
까닭 모를 행복이 가득 차 있는 그곳으로.

넓은 풀밭.
제각기 이름을 가진 사람들.
앉고 거닐고
즐거워하고 기뻐한다.

(풀밭을 나는 흰나비들도 제 이름이 있다.)

미소 지으며 우리도 서로
서로의 얼굴
들여다보곤 했지.

실명의 나날 차마 포기하기 어려워
어둠 속 외진 곳
찾아다니며
우리는 익명으로만 존재해야 했지.

그녀의 미소 위에 그늘이 지나간다.
이제는 슬퍼해야 할 시간.

공연히 애써 물소리에 귀 기울이며
강 건너 미루나무
가짓수 헤아리려 힘주어 노려본다.

(갑자기 머리 위로 전차의 요란한 굉음.)

문득 놀란 척
우리는
서로의 손 잡아당기며 멋적게 웃었지.

그러면 잊었다는 듯
다시 피어오르던 아름다운 미소.

우리는 늘 그렇게
강가에 나가
다가오는 봄을 맞이하곤 했었지.

(아아, 한적한 지하철을 타고 마중 가던 봄이여.)

이제는 아련한 옛꿈.

## 봄비는 왜 내리누

봄비는 왜 내리누.

차가운 빗줄기에 놀란
새움들.

옹기종기 모여앉아
부르르 몸을 떠누나.

## 부부

수천겁 인연의
실타래.

이슬은 햇빛에 스러지고
바람에 쓸리어 솟아오른다.

구름 되어 내리는 비
촉촉이 어느 곳 대지를 적시려나.

만남은 축복.
헤어짐은 또다른 축복.

바라건대 먼 훗날
물 되어 흐르게 되거든

그대 감싸 안으며
돌틈 사이로 흘러갔으면.

한 줄기 바람 되어 흩날리거든
그대 온몸 휘감아
잎사귀 나부끼며 흘러갔으면.

## 봄이 왔었다고

봄이 왔었다고?
벌써 꽃이 진다고?
꽃이 피기는 피었었던가?

장짓문 벌컥 열고 나서려다
눈부신 햇살에 도로 쫓겨 들어온다.

아, 새봄은 소리없이 다가와
슬그머니 꽃을 피워놓고
온다 간다 말도 없이 바람처럼 사라졌고나!

(겨우내 그토록 기다렸건만…)

아, 그렇다!
지난 밤
온몸을 살포시 휘감아오던 부드럽고 따스한 바람결.
어둠 속에 눈 내리듯 조용히 들려오던 소리.

(아하! 꽃피는 소리였구나!)

두텁게 커튼 친 어두운 방에서

꿈을 꾸는 동안

봄이 저 혼자 다녀갔구나!

## 북서풍 매서운 바람이

북서풍 매서운 바람이
산과 들을 휩쓸어
아름다운 봄꿈 앗아갈 때도

우리는 결코
슬퍼하며 울지 않았지.

동매(冬梅)를 시새우던 비눈
번갈아 춤추며
가녀린 마른 풀 동면에 잠기게 할 때도

우리는 결코
슬퍼하며 울지 않았지.

화창한 봄빛은
열두 겹 오동잎에 깊이 싸여진

변함없이 영원한
우리의 꿈이었지.

우리가 슬퍼해야 했던 것은 오로지
사랑을 잃어버려야 할 마지막 그 하루.

눈물을 흩뿌려야 할
오직 그 하루의 밤 뿐이었으니

인동(忍冬)의 세월에도
새 울고 눈 녹을
언젠가의 그 날이 있음에

우리는 결코
슬퍼하며 울지 않았지.

## 비 오는 날의 풍경

비 오는 날 오후
창가에 섰다.

오월은 이미 지나
물안개 젖은 산이 너무 푸르다.

(이 오후에 또 누가 있으랴.)

멀리 산모퉁이 접어드는
한 줄기 길.
누군가 산을 오르고 있다.

(나도 창을 넘어 산길로 접어든다.)

숲은 조용하다.
나무들 여기저기서 마주 보며
무언가
소곤거리고 있다.

(귀 기울이면 후두둑거리는 빗소리.)

흠뻑 젖은
마음의 옷.
부옇게 안개 걷히는 산속.

내 마음은 어느새
창을 넘어
깊은 숲을 헤매고 있다.

(아… 숲속의 비 내리는 냄새여.)

## 사람 사는 게 다 그렇지

사람 사는 게 다 그렇지.

아침녘 눈뜨면
어제 일 되살아 오고
오늘 하루마저도
눈에 뵈듯 선연히 그려지는걸.

가벼운 현기증.

물에 떨어진 잉크처럼
어지러움이 번져나간다.

(그런데 꽃은 왜 저리 곱게 피어대노.)

오늘은 어제의 반복.
내일은 또 다른 어제의 오늘.

사람 사는 게 다 그렇지, 뭐.

우리네 삶은 그저 그렇게 그렇게
흘러만 간다.

사람 사는 게 다 그렇지, 뭐.

## 소래산에 비 내리고

소래산에는 비 내리고
내 마음은 우울해

하염없는 빗줄기 따라 내 마음
종착지 없는 기나긴 여행 떠난다.

여전히 알 수 없는 또 하나의 나와 함께.

# 시간

남은 것은 길고 긴 시간.

(무의미한 항해)

석양이 비껴들면
긴 그림자로 스러져가는 시간.

오늘도 하루를 배웅하며
숨죽여 흐느낀다.

아, 하루는 또 그렇게 짧구나.

## 아, 놀랍구나

아, 놀랍구나. 소래산의 구름은!

안개처럼 드리워져
벌거벗은 내 온몸
구석구석 애무하누나.

촉촉한 입술 살결에 닿으면
황홀한 느낌
마음마저 떨리누나.

아, 놀랍도다! 소래산의 구름은!

그저 한 무리
극히 미세한 물방울들의 모임.

그러나 부드러운 입김
살짝살짝
바람에 나부끼면

아, 그대의 관능에 도취된 나는

차마

벗어나지 못하누나.

## 어여쁜 꽃

홀로 피었네.
어여쁜 꽃.

눈에 띌까 두려워
홀로 외따로 피어났다네.

맑은 이슬 머금고
아침 첫 햇살 부끄러워

살포시 고개 숙였다네.
어여쁜 꽃.

## 아내 1

등나무 그늘에
지친 몸을 누인다.

그대는
등나무 꽃 향기
부드러운 바람결에 실어 보낸다.

(부드러운 공기의 흐름.)

나는 꿈속을 지나
고요한 그대의 세계로
조용히
가라앉는다.

## 아내 2

무더운 날.
뜨락 아래 조그만 나무그늘 밑.

그대는
시원한 자리를 펴고 아이들을 재운다.

그대의 그윽한 눈길이
곤히 잠든
아이들을 바라보고 있다.

한 줄기 바람이 일렁인다.
치자꽃 향기 가느다랗게 실려 온다.
까치가 깍깍 울어댄다.

(건너편 산그늘이 더 짙어졌다!)

흠칫 놀라
부채로 이마를 가리며
남은 해 가늠해 본다.

(큰애가 아직 돌아오지 않고 있다!)

불현듯 조바심이 일어난다.

윗몸 일으켜
담 너머 아이들 노는 소리
귀를 기울인다.

이윽고 피어오르는 미소.

여름날 오후의 아름다운 꿈.

## 아내 3

나는 작은 돌.

그대는 시냇물.

시냇물은 돌틈을 돌아

쉴새 없이

졸졸거리며 흐른다.

## 알 수 없는 길

알 수 없는 길이었습니다.

길이 길로 이어지고
길이 또다시 길로 나뉘어지는
그런 길이었습니다.

언제부터인지
나그네는 그 길을 걷고 있었습니다.

시발점도 모르고
종착점도 없이
아득히 지평선 위로 뻗어나간 길 위를
걷고 있었습니다.

잊혀지지 않는 풍경들.
마주치고 스쳐 지났던 사람들.

때로는 비바람 속을 헤매고
때로는 눈보라 속에서

길을 잃기도 했습니다.

따스한 봄날이면
정자나무 아래에서 아픈 다리 주무르며
실처럼 이어져 온
지나온 발자취 더듬어 돌아보기도 했습니다.
마치 종착점에 다다른 듯이...

하지만 다른 편에는 여전히
그 끝을 알 수 없는 길들이 펼쳐져 있습니다.

"알 수 없는 길이야..."
나그네는 이렇게 중얼거립니다.

"아, 되돌아갈 수 있다면..."

나그네는 떠나온 곳을 그리워하며
멈추고자 하는 욕망에 사로잡힙니다.

그러나 멈출 수 없는 운명의 신발은
알 수 없는 길의 끝을 향해 계속 걷게 합니다.

그 길에서는 결코
아무 것도 거둘 수 없지만

그러나 기필코
무엇인가 얻겠다는 마음에 사로잡혀서.

## 어디로 가셨나요

어디로 가셨나요, 당신은
나는 아직도 당신을 그리워한답니다.

어디에 계신가요, 당신은
나는 아직도 그대를 못잊어 한답니다.

돌아오시나요, 당신은
그대의 체취 아직도 나는 고스란히
간직하고 있답니다.

그러나 이젠
당신의 모습 뵈이지 않고

젊음도 시들어
어느 덧 머리엔 반백의 물결.

가슴 속 푸른 언덕에
곱디 고운 금잔디 아직 깔려있건만...

어디로 가셨나요, 당신은

나는 아직도 당신을 그리워한답니다.

# 여인

흐느끼는 대금 소리.
소복(素服) 입은 여인의 춤.

가락은 늘어지며 가슴에 와 닿고...

이루지 못할 인연.
꿈속에 나비 되어 날아볼까나.
촛농은 눈물처럼 안으로 안으로 흘러들고...

하마 그리운 님이여.
베갯머리 적시던 수없이 긴 나날.

고운 손 내밀어 별빛 잡으면
아아,
야속하게 밝아오는 먼동이여.

## 연인 1

그대와

마주침은

수없는 갈래에서

이어져 나가는 하나.

나는 오늘도

동구 밖으로 나아가

그대의 문을 두드린다.

# 연인 2

바람은 흩어지면 어디로 가는가.

외로운 바람들은
골짜기로 모여든다.

바람과 이슬.
머물지 못하는 운명들.

오늘도
바람은 이슬 되어 스러진다.

## 연인 3

우리는 천만년
인연의 미로를 헤매이다
비로소 오늘 다시 만나게 되었다.

바람이 흩어지면 골짜기로 모여들고
이슬은 바람결에 구름 되어 떠돌다
비가 되어 대지를 적신다.

(행복은 꿈꾸는 자의 것.)

이 봄에 피어난 꽃은
겨우내 아득한 아름다움을 꿈꾸어 왔나니

비록 수천 겁 윤회 속에서
찰나의 봄꿈에 불과할지라도

우리는 이렇게 하나 됨으로써
찰나를 영원케 하리라.

## 오늘도 눈을 뜨면

오늘도 눈을 뜨면
영락없는 어제의 내일.

아이들 눈치 보느라
부스스 눈 뜨고 일어나 앉아 두리번거린다.
무언가 할 거리 찾아.

내 집안의 시계는 모두 합쳐 스무 개가량.

한결같이 앞으로 앞으로 오직 앞으로
쉬임없이 나아가건만

내 시계는 언제부터인가
멈추어 있다.

찬바람이 바뀌고
이제는 뜨거운 태양.
여름이 지나는 길목에서도
시간은 여전히 나아가지 않는다.

나는야
아무도 지켜보지 않는 외로운 시간의 초병(哨兵).

부릅뜬 눈으로 전진하는 시간을 감시하건만
속절없이 해는 저물고
밤은 또 찾아온다.

시간이 보이지 않도록
불을 끄고 돌아눕는다.

오늘 같은 내일이 또 기다리고 있기에...

## 오십고개 올라와

오십 고개 올라와
에이는 서북풍 찬바람에
온몸을 내맡긴다.

발 아래
하얗게 은빛으로 반짝이는 아래 세상은
오솔길조차 보이지 않고

빈 숲속
옷 벗은 나뭇가지들 사이로
바람소리 요란하다.

이제 새벽이 다가오는데
어둠 깔린 고개마루 위
눈밭에 갇혀
한 발자욱도 나아가지 못하누나.

아스라이 보이는 희미한 불빛
마누라와 아이들이 밝혀놓은 장명등(長明燈).

이 밤에도 불 밝힌 채 가장(家長)을 기다리는 그네들.

나 역시 정겨운 가족 그리워
목이 갈라지도록 그 이름 외쳐보지만

윙윙거리는 바람
빈 메아리 쓸어안고
어두운 밤하늘 속으로 자취 없이 사라져 가누나.

## 오십이 가까워지도록

오십이 가까워지도록
시 그리고 소설에의 미련을 떨치지 못하고
오늘도 습관처럼 뭔가 끄적거리고 있다.

삶은 이미 고단하고
남은 세월의 두께와 세상살이의 어려움
그 끝조차 짐작할 수 없는데

빛조차 제대로 들어오지 않는
지하의 골방에 온종일 들어앉아

무너져내리는 가슴과 함께
왜 시를 쓰고픈 생각이 드는 걸까.

내 하루하루는 밤과 밤사이로 이어지고
낮은 괴롭고 슬픈 의미 없는 시간들.

엊저녁 분명히 나의 하루 마감했건만
아침에 일어나면 또다른 하루가 있음에

몸서리 처지는 어제의 나.

## 오월의 숲에서

오월의 오후.
숲은 한적하다.

잎들은 반짝이고
바람은 산들거린다.

어디서 비비새가 운다.

나는 숲냄새에 취하고
솔바람에 젖어
그만 돌아갈 길 잊는다.

오랜 옛날부터 그래왔던 것처럼.

## 이렇게 기다리며

이렇게 기다리며
나는 여기 홀로 앉아있다.

기나긴 여정.
산촌의 조그마한 기차역.

빗자루 쓸어낸 흔적 선명한
역전 앞 넓은 광장
인적조차 없는 텅 빈 대합실.

(덩그러니 놓여진 칠 벗겨진 긴 나무의자.)

이곳에서 시간은 멈추어져 있다.

(아아, 블랙홀이여!)

오지도 않을 기차를 기다리며 나는
칠 벗겨진 나무의자에 웅크린 채 무언가를 고대하고 있다.

시간의 질곡을 뚫고 우주선이 도착하는 그 날을.

(그러나 그들은 결코 나타나지 않을 것이다!)

## 조약돌

조약돌
부럽고나.

부드러운 파도의 손길 벗 삼아
수천억 년 살아가겠구나.

## 잃어버린 추억

비 오는 밤.

거리는 이미 조용하다.

드르르륵…

이따금씩

이웃집

가게문 열리는 소리.

사람들 두런두런 이야기 소리.

빗소리는

집 위에 누워있다.

길 위에 깔려있다.

가로등 불빛이 빗방울을 간지럽힌다.

플라타너스 이파리들

빗소리

고운 모습에 놀라

샐쭉한 눈초리로 내려다본다.

잔뜩 시샘에 겨워…

골목길

창가의 그림자.

흘러나온 불빛이 고인 물에 스친다.

정겨운 소곤거림.

연이어 즐거운 웃음소리.

비 맞은 고양이

깜짝 놀라

어둔 밤 빗속

지붕을 타고 넘는다.

## 입맞춤

그때
그런 일이 있었다.

이제는 무심히 지나치는 곳.

문득 바라보면
버드나무도 새삼스럽다.

갑자기 이루어진 포옹.

(누가 먼저랄 것도 없었다!)

뒤미처 길고 긴 입맞춤.

(시간은 이미 완전히 멈추었었다!)

달콤함.

이슥고 찾아왔던

알 수 없는 오묘한 느낌.

어색함.

고요함.

그리고 아픔과 괴로움.

그리움.

오오, 그리움

잊고 있었던 그 그리움.

버드나무 한 가지

살그머니

바람결에 일렁인다.

아, 첫 입맞춤이여.

## 잠시 스치는 만남으로 하여

잠시 스치는 만남으로 하여
우리는
연민과 회한으로 미어지던 세월을 지나

억만 겁 이어질 과거의 길목으로
또다시
접어들게 되었다.

높이 오를수록 하늘은
더욱 푸르르고
바람과 구름은 자유롭게 천하를
누빈다.

돌아갈 곳 없는 풀 나무마저
제 터전 위에 굳건한데

이 도시에서는
모두들
눈이 젖어있다.

사랑을 받기보다는
사랑하는 것이 더욱 어렵고,

함께 가기보다는
홀로 섬이 더욱 어려운 것인가.

헝클어진 인연의 끝을
차마 놓지 못하고 우리는
영원한 출발점으로 습관처럼 되돌아온다.

그리하여 우리는 오늘도
그때 그 모습으로
시간의 묘지를 떠나지 못하고 서성인다.

## 크리스마스를 지나면

크리스마스를 지나면
곧이어 연말.
제야를 기다리는 젊은이와 낭만객들
거리에 가득 찬다.

제각금 노니는 다 큰 아이들은
얼굴조차 보기 어렵고
지하철 정거장에서 우연히 만난 아내는
오늘따라 유난히 조그맣게 보인다.

추운 날엔 공원마저 가기 어려워
아이들 드나드는 도서관에 앉아
하염없는 마음
몇 자 글귀에 기대어 하소연 하누나.

아이와 아내가 기다리는 내 집은
빛독촉 방문객으로 가득 차겠지.

그네들 마음을 상치 않게 할 유일한 길은
내가 내 집을 외면하는 것 뿐.

이제 내 갈 곳은 어디일까.

찬바람 드나드는 인적 없는 건널목
신호가 바뀌어도 우두커니 서있는 나는

세월의 끈마저 놓쳐버린
잊혀진 이름의 옛 주인.

## 파도는 어디에서 오는가

파도는 어디에서 오는가.
무엇으로 인해 오늘 나는 여기서
저 파도를 바라보는가.

파도는 끊임없이 밀려오며 속삭인다.

나는 영원의 존재.
그대는 순간을 느끼는 유한의 존재.

그대의 발목을 적시는 내 손길은
영원에의 길목.

오라, 그대여.
찰나에서 영원으로.

나로 인해 온 세상과 과거와 미래,
그리고 현재의 모든 시간을 느끼라.

파도는 끝없이 속삭인다.

침묵과 사색의 심연으로 유혹하며…

그리고 수평선 너머 먼 곳.

그곳을 꿈꾸게 한다.

## 한 해는 눈 깜박할 사이

한 해는 눈깜박할 사이.
봄꽃 흐드러질 무렵
엊그제 같은데,

어느 덧 곱게 단풍 물들고
서리마저 내리누나.

주체하기 어려운 시간들이여.
하루는 너무나 길어

거대한 시계추 진자(振子)를 타고
아침과 저녁 사이 오갈 뿐.

삶의 의미는 하루 하루 퇴색되고
연륜의 공허함은 먼지처럼 켜켜이 쌓여

내게는 오직 길고 긴 어두움.

가야 할 곳 어디멘고.
흐르는 시간 속에서 헤매이네.

## 한계령에서

지난 여름 그 웅장했던 푸르름들
모두 어디로 갔는가.

주위는 모두 시든 낙엽과
헐벗어 앙상한 나뭇가지의
초라한 모습 뿐.

먼 겨울의 살기어린 바람이
거세게 불어닥치는 한계령.

서러운 그림자 길게 빗겨가던
그 초겨울의 오후.

이제는 다시 돌아오지 않을 그 계절.

그 계절
골짜기 아래 푸르름 찾아
내 마음을 던져간다.

## 호랑나비가 되리라

차라리 흰 구름.

망망대해 하늘가
유유히 떠돌다

어느 새벽 차가운 별빛에
하마 이슬 되어
그대 이마에 내려앉을 수 있다면.

차라리 흐르는 물.

오봉골 깊은 계곡
돌틈 사이
부딪히며 부딪히며
마구 울부짖으며 달리다가

초저녁 안개
달빛 받아 피어오르면

나는야 그대의 향기로운 몸
휩싸안게 되겠지…

차라리 한 줄기 바람.

그대의 숨결 은밀히 젖어들던
추억의 방.
비밀의 문.

부끄러이 두근두근 엿보다
드디어 구만리 장천.

높이 높이 하늘 높이 솟아오르게 되겠지.

아…
그리되면 나는 한 마리
호랑나비 되리라.

달콤한 꿀샘

아름다운 꽃잎.
부드럽게 어루만지며

그대의 숨결에 젖어들 한 마리
슬픈 호랑나비가 되리라.

## 호젓한 산길

호젓한 산길은
그 끝을 알 수 없다.

영원의 시간으로 빨려드는 두려움.
추억을 찾아 회귀하는 착각.

그리고 덩그러니 나가 앉은 산길.

갑작스럽게 밀려오는 무서움.

혼자이기를 거부해야 하는 불안감 속에서도
산길은 포근함을 잊지 않는다.

지나온 길을 뒤돌아본다.

그곳에
아직 길이 남아있음에
안도하게 된다.

아무도 없는 호젓한 산길에서.

# 늠내에서

## 가을

산은 낙엽으로 덮였다.
길이 보이지 않는다.

숲속 오솔길도 낙엽으로 덮였다.
낙엽 따라 길을 찾아간다.

바람이 불어온다.
우수수
낙엽이 떨어지는 소리.

비가 내린다.
낙엽의 비가 내린다.

낙엽 따라 바람 타고 두둥실 떠오른다.

하늘은 맑다.
푸르다.
깊어가는 이 가을.

숲속을 헤매이며
나는 또 그렇게
또 하나의 가을을 보내고 있다.

# 가을산

가을산은 조용하다

마른잎 바스락거리는 소리
멀리 새울음 소리

숲속의 정적
고요함
태고의 정밀.

먼데서 등산객들 두런두런 말소리.

이윽고 그 소리 사라지고
태고의 정적으로 돌아간다.

수억년 수만년
그래 왔던 것처럼

나도 따라 정적 속에 묻힌다
수억 수만의 사람들이 그래 왔던 것처럼.

# 갈림길

능선에 올라 갈림길에 서서
먼 곳을 바라본다.

세상은 발 아래에 있는데,
나는 이 갈림길에서 망설인다.

어디로 가야 할지.

바람은 여전히 불어오고
바람을 맞으며

능선에 서서 나는

갈려나간 그 길을
바라본다.

한없이 망설이면서.

## 구름 속으로

산에 올라
구름 속으로 들어간다

높은 곳엔
이미 낙엽 지고

싸늘한 바람
빈 숲속으로 불어온다

사람들 자취 없고
새소리도 들리지 않는데

불어오는 바람 맞으며
나는 또
산에 오른다.

산이 거기 있기에.

## 구불구불

구불구불
울퉁불퉁
오르락 내리락

아직 나뭇잎 무성한
숲속의
오솔길.

길이 끝나고
하늘이 툭 터졌다.

햇살 하얗게 부서지는 곳.
옹기종기 모여있는
하얀 바위들.

그 위로 파아란 하늘
펼쳐져 있다.

가을 하늘.
가없이 깊은 연못.

푸르름에 나를 던진다.

## 그 길

낙엽 흩날리는
숲속 오솔길
나 홀로 걸어간다.

지난 가을에 걸었던 그 길.

## 봄은 언제 왔노

봄은 언제 왔노.

파릇파릇.

## 산 위에 서면

산 위에 서면
바람이 분다.

숲은 조용하다.

시든 풀잎 스치는
바람소리 뿐.

이따금 어디선가 새 우는 소리.

## 산에 비가 온다

산에 비가 온다.

산이 젖는다.

물소리 요란하다.

눈물이 떨어진다.

## 숲속 오솔길

어제는
짙푸른 나무 그늘.

오늘은 초가을
따가운 햇볕.

눈이 부시다.

나뭇잎 벌써
하나 둘 시들고.

초가을 뜨거운 볕 받으며
그 길을 걸어간다.

겨울로 가는 그 길.

## 숲은 조용하다

숲은 조용하다.
소리가 들리지 않는다.

오솔길에 낙엽이 수북하다.
낙엽 밟히는 소리.

비에 젖은 낙엽은 속삭이지 않는다.

나지막이 흐느끼는
트럼펫 소리.

연인들이 속삭이고 있다.

가을 끝의 숲은
조용하다.

아무 소리도 들리지 않는다.

## 숲속의 가을

바스락.
인기척에 놀란다.

누구...?
아무도 없다.

다시 길을 재촉한다.

숲속의 가을
공기는 투명하다.

바스락.
다시 소리 들린다.

퍼뜩 돌아본다.
무서워진다.

다시 바스락 소리.

시들은 나뭇잎 하나.

아, 낙엽이었다!

마음이 놓인다.

다시 투명해지는 마음.

숲속의 가을.

## 오월은 푸르다

따뜻한 공기
내 몸을 휘감고

따가운 한낮의 햇볕
오히려 부드럽다

바람이 살며시 오가는
푸르른 나무그늘

새들의 지저귐
나뭇잎의 신선한 냄새

먼데서 아련한 듯 말소리.

끝없는 정적
고요함

그리고 나뭇잎 스치는 소리
다시 정적.

끝없이 이어지는
조용함.

문득 까마귀 소리.
먼데서 들리는 큰 소리.

한적한 오월의 오후.

## 오래되었다 늠내길이여

오래되었다 늠내길이여
먼 길 돌아
다시 오월의 산길을 걷는구나.

신록은 싱그러운 그늘 이루고
맑고 가벼운 바람이
잎사귀를 스쳐오네.

뻐꾸기 아직 울지 않고
이름 모를 산새
이 나무 저 가지 옮겨 다니며
즐거이 지저귀누나.

때 이른 아카시아꽃
활짝 피어 숫속 가득
그 향기 들이마시네.

아, 어느 때 다시 올까.
오월의 늠내길.

## 오월의 숲

오월의 숲은 상쾌하다.
오솔길 옆 나무그늘.

바람은 산들거리고
해가 들었던 바위 따뜻하다.

잎들은 바람결에
바삭거리며 속삭이고

나무들 가볍게 나뭇가지 흔들며
숲의 소리 속삭인다.

햇살이 투명하고 밝게
나뭇잎 위에서 부서진다.

숲은 조용하다.
태고의 정적으로 빨려든다.

스치는 바람결에 이끌려.

## 오월의 숲은

오월의 숲은 먼 옛날
고향의 꿈.

연초록 터널을 지나
아카시아 향에 흠뻑 취한다.

멀리 꿩 우는 소리.
뻐꾸기도 울고 있다.

오월 아침의 숲.

## 오월의 오후

잎들 반짝이고 바람이
산들거린다.

비비새 운다.

숲냄새에 취하고
솔바람에 젖어
돌아갈 길 잊는다.

오랜 옛날부터 그래왔던 것처럼.

## 조용한 숲

이따금
새들 지저귀는 소리.

산들거리는 바람결.
시시덕거리는 나뭇잎.

오월의 상큼한 공기
부드러운 햇빛.

오솔길은 숲에 가려
보이지 않고

문득 까마귀 울음소리.

## 진달래 피었다

진달래 피었다
나의 봄.

등성이 너머 그늘 쪽
수줍은 듯 피어난
나의 꽃.

이 봄 가면
진달래
함께 가련만

오는 봄에
다시 오겠지.

꽃 피는
나의 봄에.

## 이 가을을 다시 볼 수 있으랴

숲은 조용하다.

새들 지저귀는 소리
멀리 아이들 뛰노는 소리

낙엽들 바스락거리는 소리.

오후의 햇살이 깊이 들어온다
나무들 사이로.

낙엽들 아직 매달려 있다.
오후의 빛을 받아 아름답게 반짝인다.

가을의 마지막 남은 빛.

겨울로 가는 길 위에서
낙엽들은 그렇게 떨어져 간다.

다가올 봄 준비하기 위하여.

아아, 내 일생에 이 가을
다시 볼 수 있으랴.

## 팔월의 늠내길

팔월의 오후
늠내길을 오른다.

햇볕 아직 눈부시고
목줄기에 땀이 흐른다.

시원한 바람 불어오고
길 앞에 잠자리 어른거린다.

매미와 쓰르라미 쉴 새 없이 울어대고
이따금 툭툭 튀는 건
메뚜기 여치 방아깨비.

뻐꾸기 이미 울지 않고
한낮의 더위
시원한 바람에 몰리어
저 멀리 등성이를 넘었다.

마지막 풀내음
진하게 풍겨온다.

# 도시에서

## 가을 빛 아래

가을 빛을 걷는다

그림자 길게 비끼는
팔월의 오후.

부드러운 햇빛
따사롭게 담장 비치고

그 담장 따라
사람들이 오간다.
그림자 길게 드리우며.

가을 빛 아래
도시는 푸근해진다.

한여름 뙤약볕 무더위
그 열기 비켜나와

가을 빛 아래
사람들은 여유롭게 걸어간다.

## 가을비

지난 밤
잠든 새
가을비 소리 없이 내렸습니다.

나뭇가지 끝 나뭇잎
빗방울에 낙엽 되고.

길 위의 낙엽들도 촉촉이 젖어 있습니다.
가을의 끝.

가을은 이미 깊어 아무도 숲을 찾지 않는데
낙엽들 저 스스로
다가올 봄을 준비하며

차가운 가을비에 온몸 맡기고
촉촉하게 젖어 갑니다.

## 노을 앞에 서서

창가에 서서
서쪽 하늘에 드리워지는
저녁노을 바라본다.

스러져 가는 빛의 마지막 몸부림.
깊은 어둠으로 내려가야 할 마지막 남은 빛.

새벽이야 다시 돌아오련만
한 번 스러진 그 빛노을
다시 돌아오지 못하누나.

새들은 무심히 노을 속을 날아가고
건너편 지붕 위 하이얀 빨래들
노을에 물들어 붉게 타오르는데

이어질 어두움 기다리며
고개 들어 먼 하늘가 바라보네.

## 가을의 별

너
건너편 담장에 맑게 부서지는
가을의 별.

일년
삼백육십오일
하루도 빠짐없이 비추건만

어찌 너 가을의 별은
가슴 속 깊은 곳에
슬픔 안타까움 서러움 주는가.

이루지 못하는 슬픔
잡지 못하는 안타까움
흘려보내는 서러움.

가을의 끝자락
낙엽되어 떨어지는
나뭇잎들

서러움 안타까움 슬픔 안겨주는데

하늘은 어찌하여 저토록 푸르른가.

눈발 날리는 매서운 바람
옷깃 헤치며 사무쳐 오리니

시리도록 슬픈 가을의 별이여.

모든 초목들 스러짐에도
너 홀로 빛나며

가여운 사람 가슴속 매정하게 후비어
존재하는 슬픔을 곱삭이게 하누나.

## 눈이 내렸다

눈이 내렸다.
숲에 눈이 쌓였다.
오솔길에도 쌓였다.

길 없는 길.

그 길 따라 발걸음 옮긴다.
겨울의 눈 속으로.

## 다시 돌아온 구월

다시 돌아온 구월.
잠자던 가을에의 향수
일깨워 주누나.

하늘은 파랗게 높아지고
햇빛에 빛나는 작은 구름들.

골짜기에서 불어오는 바람
시들어가는 잎새에 부딪히고
우리 아기
발가락 스치우며 달아나누나.

이 가을은 언제나 다시 돌아올까.
내년의 가을은
이 가을이 아닌 또 다른 가을.

가을의 문턱에서 가을을 맞이하며
또 다른 가을을 생각하누나.

## 도시에서의 젊음

무성하던 나뭇잎
가을 기운에 놀라

맴도는 바람결에 온몸 비비며
말없이 아우성친다.

빛나던 여름은 이미 지나갔나니
그 해변의 추억
그 숲속의 추억.

그 모두 아득한 기억의 저편.

이제 다시 도시의 일상으로 돌아와
날마다 아침과 저녁을 맞이한다.

이 도시에도
한때 빛나는 젊음이 있었거니
돌아오지 못하는 젊음이여.

## 도시의 일상

도시에서는
계절이 바뀌는 것을 모른다.

덥고 춥고 따뜻하고 서늘하고
비 내리고 바람 불고 눈 내리고 얼음 얼고
꽃 피고 낙엽 지는 것을 알 뿐.

언제 다시 숲으로 가랴.
언제 다시 산으로 가랴.

우리네 삶은 여기에서 여기까지.

언제 다시 세월의 배에 몸을 싣고
언제 다시 자연의 바다에 배 띄우고

즐거움의 바람에 돛을 달고
여유로움의 물결에 노 저으며
끝없는 여행길에 오를거나.

우리네 삶은 여기에서 여기까지.
더 나아갈 곳도 더 오를 곳도 없나니

아, 목숨 있는 자의 슬픔이여.

## 돌아가지 못하리

도시에서 가을을 만났다.
이전에 만나지 못했던 새로운 가을.

그 가을 한가운데를 걷는다
가로수 늘어선 길.

아무도 가보지 못했던
그 가을의 거리에서
나는 갈 곳 없이 헤매어 걷는다.

이 가을은 언젠가 겨울로 돌아가 끝나고
낙엽은 거리에서 사라져
쓸쓸한 여행자의 마음 슬프게 하리.

도시의 가을은 그런 것.
무심한 가을을 가슴앓이하는 슬픈 운명.

그대 결코 가을에 돌아가지 못하리.

## 바람이 불어오는 언덕

철 지난 바닷가의 호젓한 언덕
바람이 불어오는 언덕.

수평선 너머 불어오는 바람
온몸으로 맞이한다.

짭조름하게 느껴지는
갯내 섞인 바람결.

가을의 바다 위에 파도들이
가을 바람에 맞서
하얗게 물비늘 일으킨다.

옷깃은 깃발처럼 나부끼고
머릿결도 바람 따라 날리는데,

저 바람과 저 물결들 어디로 가나.

## 봄비 내리네

봄비 내리네
차가운 겨울 뚫고.

봄비 내리네
야밤에 소리 없이.

아침녘 내리던 봄비
한낮 넘도록 그치지 않아
내 마음 빗물 따라 적셔지는데,

봄비 내리네
내 마음 열린 곳에.

봄비 내리네
내 마음 창가에.

## 봄의 햇살 방 안 가득 들어올 때

봄의 햇살
방 안 가득 들어올 때
나는 그곳에 있었네.
쏟아지는 햇살 바라보며.

겨울은 처량한 신세 되어
물러나 있고
새봄의 따사로운 기운
춤추며 노래했다네.

이 봄은 남몰래
유난히도 일찍 찾아와
내 방의 빈 마루
두들기고 있나니

문을 열어놓아도
이제는 춥지 않고
쌀쌀한 기운
따뜻한 햇살에 종적 감추었으니

봄은 다시 향연을 즐기라
나를 유혹하네.

## 사월은 잔인한 달

사월은 잔인한 달.
영면에 들었던 평화를 다시 일깨워
봄으로 보내는 도다.

사월은 잔인한 달.
추위에 얼어붙었던 대지 녹이어
다시 봄으로 보내는 도다.

사월은 잔인한 달.
나고 죽고 병들고 늙는 괴로움이
모두 잊혀진 곳

무엇 무엇도 없는 절대의 곳
끝없는 고요와 침묵뿐
빛과 어둠이 없는 그곳에

다시 빛과 봄을 보내어 일어서게 하는 도다.

사월은 잔인한 달.
지난 봄 되살리려 새로운 희망
새로운 겨울에의 길로 내모는 도다.

## 새가 비에 젖어 울고 있다

새가 비에 젖어 울고 있다
산에 사는 새.

숲은 적적하고 외로워
담장 위 목련나무 가지에 앉아
비에 젖어 울고 있다.

창에는 불 꺼지고
빗물은 유리창을 흐르는데

새가 비에 젖어 울고 있다
외로운 새.

저 숲이 외로워 찾아온 창가.
불빛은 꺼지고
새가 혼자 외로이 울고 있다.

새는 가지에 앉아서 울고 있다.
숲 속은 너무 외로워.

## 새가 울지 않는 아침

새가 울지 않는 아침
해가 나지 않아 하늘은 흐리고

조용히 창가에 앉으면
창턱을 넘어오는 신선하고 부드러운
바람결.

창문 너머 높이 자란 이름 모를 풀대
바람결에 한들거리고

나뭇가지 끝에 이는 바람
유월의 잎사귀들 가벼이 흔들리네.

이 아침에 무엇을 바라랴.

나의 자그마한 이 방에
온 우주 가득하여
더 들어올 것도 나갈 것도 없거늘.

## 새소리 들리지 않고

새소리 들리지 않고
바람도 없는 아침.

창문 앞 나뭇가지
잠자는 나에게 손짓하네.

하늘은 파랗게 맑고
흰 구름 두어 조각 떠있는데

새벽꿈에 파랑새 보고
창가의 푸른 잎사귀에 놀라

나도 모르게
잠에서 깨어났다네.

## 새야

새야
조용한 아침녘.

나의 방 외로운 창가에 다가와
노래하는 새야.

너의 노래에
내 마음 달래어지고

너의 노래에
내 마음이 어루만져지누나.

## 어제 이곳에는

어제 이곳에서는
즐거운 외침
까르륵거리는 웃음소리

즐거움들이 가득하였다.

그러나 오늘 이곳
고요함이 감돌고 있다.

벽시계 째깍거리는 소리.
위층으로 올라가는 발자국 소리.
혼자 울어대는 TV의 나지막한 소리.

떠들썩함과 고요함
즐거움과 쓸쓸함.

밤은 저 혼자 깊어가는데
그 시간을 타고
나는 또 새로운 여정을 시작한다.

늘 그러했고
그래야만 했던 것처럼.

## 십일월

가로수 아래 낙엽들 뒹군다.

어제는

아름다운 단풍이었는데.

간밤에 비 내리고

오늘은 낙엽되어 떨어져

길은 온통 노오란 은행잎.

하늘도 흐리어 낮게 깔리는

가을 끝 십일월의 오후.

빗방울

어깨를 두드리는데

노랗고 붉은 잎들

가랑잎 되어 길가에 구르누나.

노오란 길 위로

아이들 신나게 뛰어가고

우산 받친 소녀들
키득거리며 지나간다.

겨울이 저기 보이는
가을 끝의 마지막 길.

낙엽과 빗방울이
라틴 기타의 화음으로
이 가을을 전송한다.

노란 잎들이 깔린 저 길 위에서.

## 여름이 끝나갑니다

살을 태울 듯 쬐이던
팔월의 태양.

잠조차 잘 수 없었던
무덥고 길었던 나날들.

집이며 길
담장이며 하늘

심지어 숲의 그늘마저도
뜨겁게 달아올라
뜨거운 숨 겨우 쉬던 나날들

새조차 날지 않던
뜨겁고 무더웠던 나날들.

하나의 추억을 남기고
그렇게
여름이 끝나갑니다.

한여름 흔적을 남기고

그렇게

가을을 향해서 다가갑니다.

## 오늘은 한식

오늘은 한식(寒食)
비가 내리누나.

어제가 청명(晴明)인데
화창한 봄볕들
모두 어디로 갔나.

## 이른 아침에 비 내리고

이른 아침에 비 내리고
내 마음에도 비 내리네.

창밖의 나무들
빗속에 서서
슬픔에 젖어있네.

내 마음도 벌거벗은 채
비 오는 들판에
덩그라니 서있네.

## 창문 앞에서 살랑거리는 바람

오월의 따뜻한 바람.
이 아침에 느껴지누나.

아름다운 음악 소리
오래된 스피커에서 들려 나오고

새들 지저귀는 소리
아이들 뛰노는 소리
멀리 자동차 경적 소리.

향기로운 꽃차 우려 마시며

오늘 이 아침
나는 살아 있음을 느끼누나.
온몸과 온마음으로.

## 팔월의 오후

태풍 지나간 뒤
하늘이 파랗게 말갛게 높이 떠올랐다.

햇빛이 하이얀 구름에 눈부시다.
산들거리는 바람결이 스친다.

아무 소리도 들리지 않는 듯한 정적.
멀리서 들려오는 늦매미 우는 소리.

이따금 새들이 머리 위로 날아간다.

뭉게뭉게 피어오르는 뭉게구름
아련한 추억이 함께 피어오른다.

## 창밖이 나를 유혹합니다

사월의 마지막.
그믐날.

신선한 오월의 하늘이
창밖에서
나를 유혹합니다
아직 오월이 아닌데도.

조용한 주택가의 뒷골목.

건넛집 지붕 위로 보이는
파란 하늘과
바람에 펄럭이는 하이얀 빨래들.

그리고 담장 위의 작은 나무들.

새들은 담장과 지붕을 넘어
이 나무 저 나무 옮겨 다니며
즐거이 노래를 부릅니다.

새 소리에 이끌리고
신선한 공기에 매료되어
나도 모르게 자꾸 일어섭니다.

저 창밖의 신선한 오월
그 오월의 오후를 즐기고 싶어서 말입니다.

그러나 나의 문은 굳게 잠겨있고,
오월은 창문을 두드리다 그냥 돌아갑니다.

한없이 아쉽고
한없이 안타까운

닫힌 창문 남겨놓고 말입니다.

이 사월의 마지막 날
오월을 기다리는 오후에 말입니다.

# 한없는 어두움

별빛마저 없었던 골목길

우리는 손 잡고
말없이 걸었었다.

비에 젖은 길 위에
창문으로 흘러나오는 밝은 빛.

어느 집에서
까르르 웃는 소리.

아, 따스한 불빛.

가벼운 미소
서로 눈길 마주치고

우리는 다시
손잡고 걸었었다.

아, 파르르 떨리던

내 손 안의 작고 가녀린 손이여.

—

7020

# 흔 적

## 영신가(迎新歌)*

해와 해의 갈림에서
신과 구의 분기에서

가만히 두 손을 맞잡고
그 소리를 듣는다.

하늘에는 영광
땅에는 평화

그대와 나 사이에서는
우정의 해말간 쇳소리.

아, 그대 나와 손잡고
벅차오르는 젊음을 맛보지 않겠는가.

## 가을날*

잡동사니 어지러운
옥상 위.

가을 아침 햇볕을 쬐노라면
문득
차가운 회백색 콘크리트 위

나방의 시신.
찢어져 하늘거리는 날개.

그 위에 가을의 양광이 쬐이고
깊이 사무치는 냉풍에 일렁여

오색빛 반짝거리는
싸늘한 가을의 아침.

## 자규(自叫)*

영롱하던 무지개
갑자기 걷혀졌다.

별은 벌써 떨어져
시궁창에 뒹굴고

굳게 믿었던 꿈.
무지개와 별은 떨어지고 말았다.

그믐밤이면 찾아오는
유령의 둔덕.

백골같이도 하얀 대리석 위에
홀로 앉아

나의 구멍 난 가슴 어루어주는
그대.

## 거리에 가을비 내리고

거리에는 가을비가 내리고
내 마음에도 차가운 비

눈물처럼 흘러내리네.

플라타너스 잎사귀
무심한 청소부 빗자루에 쓸리고

종을 울리는 청소차에 실리어
어디론가 멀리 사라진다.

외롭게 남은 낙엽
어디로 떨어져 흘러가는가.

빗물은 유리창을 흘러
이즈러진 얼굴 비추어 주는데

끊임없이 내리는 빗줄기여.
파도에 밀려다니듯
흔들리는 눈동자에 빗물이 고이누나.

## 그대여 돌아와 주려마

그대여 돌아와 주려마.

지금은 이른 밤.

어두운 창밖에 나뭇가지 스치는 바람소리 들린다.

그대여 어디에 있는가.

밤은 아직 늦지 않았고

먼 곳의 등불도 아직 꺼지지 않았다.

그대여 돌아와 주려마

지금은 이른 밤

바람소리 나무 끝 스치는데

그대의 자그만 모습과 잊을 수 없는 눈매

오늘도 가련한 사람

괴롭힌다.

## 길거리에서 만난 봄

버드나무 푸른 물 오르고
미풍에 가지가 한들거린다.

뾰족이 솟은 입술
연둣빛 빠꼼히 고개 내민다.

폭신한 털에
추위도 잊은 채
연약한 손 성급히 휘젓는다.

억제할 수 없는 힘이
얼어붙은 두 볼 물들이고

자줏빛 갈색 엷어지며
초야를 맞이하는 신부처럼

생명의 희망마냥 부풀어 올라
마침내 터져버린다.

## 마지막 남은 여름

마지막 남은 여름.
가지 끝에 매달린 남은 잎사귀.

애처롭다.

밤마다 창가에 다가서는 손님
더위 가신 시원한 바람
풀벌레 우는 소리.

여치의 울음소리 애처롭다.

이미 시들어버린 햇볕
황토길 누런 흙 위에서 찬란하게 부서진다.

그리고 노을이 물든다.

## 너

너
숲속에 숨어 핀 한 송이 들꽃.
날마다 강변에 나아가
흐르는 물소리에 귀를 기울일 때
문득 시선이 멈추어지는 곳.

너
담장 밑에 피어나는 한 송이 들꽃.
길모퉁이 돌아들 때
문득 길옆에 피어난 조그만 사랑스러움.

너
사랑스러운 한 마리 종달새.
봄날 따뜻한 공기를 가르며
푸르게 맑은 하늘 높이 높이 솟아올라
언제나 그 노래 부르리.

그 소리 항상 가슴속에 울리네.

너

차갑게 가라앉은 하나의 조약돌.

끝없이 이어지는 흐름 속에서

깊은 내면을 속삭이며

아무도 모르게 천년을 보낸다.

# 무제*

구원의 영가를 부르자.
삶에 피곤하고 지친 나그네들 모여
소리 높여 노래 부르자.

메아리는 산을 넘고 넘어
지평선에 다다르리.

우리 이윽고 메아리 좇아
지평선에 이르거든
지나온 길과 나날들
하나 하나 돌이키며 눈물 지으리.

# 봄에

물이 흐르는 골짜기
그 기슭에서
나는 문득 봄을 보았었다.

애처로운 분홍의 알이
바람에 가늘게 떨며 동정을 호소하는
이른 봄.

계절은 해마다 되돌아오고
그래서 인생 또한 흐르는데

골짜기 옆의 강가에서
떠내려오는 봄을 맞으며

강의 끝과 끝을 생각해 본다.

## 비 내리는 창가에 서서*

비 내리는 창가에 서서
어머니
당신을 생각해 봅니다.

포석(鋪石) 위에 떨어지는 빗방울 소리
끊어질 듯 심현(心絃)을 울리고

비 맞은 까치의 처량한 울음소리
귓전을 스쳐 가면

어머니
나는 당신을 생각하게 됩니다.

유일한 즐거움과 자랑은 더불어 가버렸고
당신은 당신의 잔영(殘影)으로 남아
아직도 맴돌고 있습니다.

그치지 않는 빛들이
이 어두움에서는 남아있으려 하지 않습니다.

당신이 이곳을 떠나려 할 때
그것들 또한 이미 가버렸습니다.

창밖에는 신선한 바람 불어오고
가랑비가 내립니다.

희미한 먼 산의 윤곽
자꾸만 멀어져만 가는데

어머니
오늘도 울적한 마음으로 당신을 생각합니다.

## 비가 내리는 날

비가 내리는 날
창문 곁은 조용하다.

의자에 기대앉아
산 너머 보이는 짙푸른 가을하늘
누구와 같이 본다.

누구라도 좋다.

지금은 차가운 은회색 구름에 덮여
여린 맛의 파란 색은 보이지 않지만

비가 내리는 날은
심심하지 않아 좋다.

## 산문시*

지금 듣는 가락이 그때 또한 들렸었다.
소맷자락은 눈물과 그리고 비로 말미암아 흥건히 젖어있었다.
자꾸만 흘러나오는 콧물을 훌쩍거리며 나는 그 소리를 들었었다.

그대는 아는가.
삶에 지친 나그네에게 음악이 얼마나 크고 위대한 위안이 되는가를.

시간은 어릴 때의 자기를 지금으로 바꾸어 놓았다.
악동을 꾸짖던 사려 깊고 인자한 모습의 그녀는 가버렸다.

지금 아마 비가 내릴 것이다.

조그만 미닫이 활짝 열고서 처마의 곡선을 올려다본다.
무수히 흩어지는 은백의 사선들과 함께.

지금 저 거문고 소리는
나팔꽃 넝쿨 뻗어오른 야트막한 담장 너머

아마 그 집에서 들려오는 듯하다.
옛날과 지금의 그 집에서.

## 실(失)*

저 너머 산등성이에서
갑자기 한 발의 총성이 들려온다.
나직하게 웃음을 띠우고 나는 그 소리를 듣는다.

결코 사라지지 않을 불멸의 후광이
축복되어진 모든 것의 뒤로 한없이 멀어져가고

손과 손은 서로 얽혀져서
매듭은 쉽사리 풀리지 않을 것이다.

광명의 종막을 알리는 암흑이
산등성이 너머에서
안개와 같이 슬며시 다가오고 있다.

아지못할 힘이 생각할 줄 아는
그러나 또한 모르는 모든 부분을 지배하고
그 입은 그 발가락을 물어뜯는다.

(내가 누워있는 골짜기에도 잠시 후 총소리가 울릴 것이다.)

눈을 떠보면 문득 하늘 보이고
대양의 깊은 곳을 고결한 듯 보이는 나그네
천천히 부유하고 있다.

자연은 변함없는 나의 어머니
은자의 미소가 엿보이는 그 주먹 속에서
나는 빼앗으려 한다.

누구도 보지 못한 비밀을.

# 아무것도 아닌 것*

사실을 말하자면
아무것도 아니라고 말할 수 있다.

그러나
아무것도 아닌 것이라고는
누구도 말하지 않는다.

그것은 너무도 크고 거대한 괴물처럼
언제나 당신을 노리고 있으니까.

## 오늘 저녁

오늘 저녁에도 또
책상 앞에 앉았다.

무엇을 해야 하나.
무엇을 써야 하나.
무엇을 읽어야 하나.

여름밤 풀벌레 소리.
바람에 스치우는 풀잎들 나뭇잎들.

때로는 끊임없이 비탄에 잠기고
때로는 몸서리치는 외로움
때로는 알 수 없는 괴로움
때로는 아무 것도 없을 무.

오늘 저녁에도 또 늘 그렇듯
책상 앞에 앉았다.
무엇인가 해야겠기에.

# 음악에

높은 음과 낮은 음 사이에
보이지 않는 강이 흐르고 있다.

아름다운 선율의 물결
만져지지도 않고
부드러운 감촉도 주지 않는다.

한 걸음 물러서면 부리나케 앞질러 와
가슴에 들어와 닿는다.

물결은 상흔을 남기며
장엄하고 감미롭게 영혼을 향해 돌진한다.
그리고 흔연한 일체가 되어 아름다운 세계로 날아간다.

따스한 봄날.
가벼운 공기를 타고 비행하는 나비와 같이.

## 이별의 노래*

사랑하는 사람을 보내는 자리에서
그대 울고 있는가.

지나간 세월 괴롭고 아팠던 추억들
이제 모두 보상을 받았노라.

헤어지는 것으로써
서로의 위치는 확인되고

그래서
더욱 아름답게 추억으로 넘어가는

이 엄숙하고 경건한 자리에서
그대는 흐느끼려 하는가.

눈물을 거두라.

파란 하늘에 흰 구름 떠다니고
싸늘한 공기 속으로 태양의 햇살 지나간다.

## 즉흥시*

어느 날
꿈꾸었노라.

아름다운 푸른 빛과 흰 빛의
바닷가와 돛단배를.

그러나 깨어나면
모두 사라지고
텅 빈 주먹에 허무함이 흘러라.

또다시 잠들어도
두 번 다시는 오지 않으리니

우리의 삶도 이와 같아라.

즐거운 시절은 얼른 지나고
가슴에는 괴로움과 수심만 가득하도다.

## 현미여

현미여 너는 아느냐.
숲속에서 새들 지저귀고
이끼 낀 돌틈 사이로
시냇물 소리 내며 흐르는데

안타까워 소리없이 눈물짓는 사람을.

보라 하늘은 푸르른데
아무도 보아주지 않는다.
구름이 짙어질 때야 비로소 깨닫는다.

맑은 하늘에서 얼마나 커다란 기쁨과 즐거움이 나오는가를.

높은 나뭇가지들에게
바람이 스치고 지나가며 속삭인다.

들으라 그 소리.
공허하면서도 깊이 있는 그 소리.

# 오늘에서

## 가을날 숲에서 길을 잃다

가을날 아침
숲속 오솔길.

낙엽에 길을 잃어
나무 사이를 헤매이다.

## 가을비 내리는 창가에서

오늘 이 가을
마지막 비가 내렸습니다.

새벽부터 내리는 가을비에
나무들 흠뻑 젖었습니다.

새들은 둥지로 돌아가
더 이상 울지 않고

아름답게 물들었던 나무들
마지막 작별 고하며

빗방울과 함께
낙엽 되어 떨어집니다.

가을비 내리는 창가에 홀로 서서
떠나가는 가을을 전송합니다.

(이제 더 이상 가을을 보지 못할 겁니다.)

이 가을은
언제나의 봄처럼
누군가의 가슴으로 들어갈 겁니다.

다시는 돌아오지 못할
멀고 먼 길 떠나는
나그네처럼 말입니다.

나는 그 가을을 품고
창가를 벗어납니다.
따스한 난로가 기다리는 나의 방으로 돌아갑니다.

또 다른 나를 찾아서 말입니다.

## 가을이 왔다

창문 너머
건너편 집 옥상 위

화분에 심었던 고춧대들
언젠가 뽑혀지고

빠알간 고추
할멈이 널어서 말리고 있다.

구부정한 허리.

아, 가을이 왔구나.

## 강이 흐르고 있다

강이 흐르고 있다
저기 저곳에.

어제도 흘렀고
오늘도 흐르고 있다.

강은 흐르지 않는다.
그 모습 그대로이다.

어제도 그랬고
오늘도 그렇다.

강이 흐른다.
어제처럼 오늘도 흐른다.

강은 그 자리에 있다.
어제도 오늘도
그 자리에 있다.

## 구월의 도봉산

구월의 도봉산
골짜기 아래 불어오는 바람

나뭇가지 사이로
오후의 긴 햇살 비끼고

살랑거리는 바람에
가을잎 바스락거린다

길은 오솔길
어디선가 말소리
귓가에 속삭이는 듯.

그림자 점점 길어지고
등성이 너머
바람결마저 차가워지면

나는 하산을 서두른다
또 다른 내가 거기 있기에.

## 그 길을 나와서

그 길을 나와 오른쪽으로 접어들면
호젓한 골목길.

담장 위에 빠알간 꽃
피어있다.

봄이면 목련과 라일락
초여름의 넝쿨장미

가을이면 노오란 은행잎과 감.

그 길을 지나면 호젓한 골목길.
그리운 곳.

## 그날도 매미는 그렇게 울었다

그날도 매미는 그렇게 울었었다.
늦여름
시원한 느티나무 그늘 아래.

오가는 바람결
추억과 회한 날리며

아름다웠던 날들
아름다웠던 시간들.

아쉬움과 미련.
아, 생을 마감할 수 있는 영광이여.

오늘도 변함없이 그렇게
매미는 울고 있겠지.

## 기다림

나는 행복하다네
추운 겨울 저녁.

찬바람 거세게 불어
거리에는 오가는 사람도 없는데

희미한 불빛 아래
고요히 미소 지으며
깊어가는 겨울밤 바라본다네.

내게 아직 기다림이 있어
이 밤 누군가 찾아오리니

아, 기다림은 아름다워라.

너로 인하여 영혼은 외롭지 않고
너로 인하여 시간들은 의미를 갖나니

아, 기다림은 아름다워라.

## 낙안읍성 가는 길

가랑비 젖어가는
남도 천리길

피로에 지친 늙은 여행자 마음도 젖어

유월의 산하 비에 젖어 푸른데
여행길 끝은 어디려나.

길은 한없이 이어지고
갠 날의 맑은 빛 그리워라.

비는 비에 더해 주룩주룩
내 마음에 내리고

갈 곳 모르는 여행자 오늘도
비에 흠뻑 젖어 길을 가누나.

어제도 걸었고 내일도 걸어야 할
그 길을.

## 낮게 드리워진 구름

낮게 드리워진 구름이여.

열락과 향유의 천상 버리고
열정과 사랑 그리워
낮은 곳으로 임하셨는가.

뒷산 산자락
도시의 낮은 지붕 그리워
낮은 곳으로 임하셨는가.

세상의 영고성쇠
유한함이 그리워
낮은 곳으로 임하셨는가.

해 오르면 안개처럼 스러질
낮게 깔린 구름이여.

나고 죽는 도시의 삶이
그리워
낮은 곳에 임하셨는가.

## 너와 나와 나란히

너와 나와 나란히 풀밭에 누워
밤하늘의 빛나는 별
볼 수 있다면

너와 나와 나란히 풀밭에 누워
맑은 하늘 눈부신 흰 구름
볼 수 있다면

너와 나와 나란히 풀밭에 누워
오가는 바람결 속삭이는 소리
들을 수 있다면

아아, 너와 나와 단둘이 이 세상 끝나는 그 날까지
둘이서 손잡고 갈 수 있다면

아아, 영원으로 들어가는 그 날까지
너와 나와 단둘이
손잡고 걸어갈 수 있다면

아아, 그대여 나에게로 오라.

나는 그대의 울타리
그대는 나의 안식처 되리니.

## 노을 뒤의 어두움

창가의 어스름
낮게 깔린 구름 사이로
붉은 노을 빛나고.

노을빛 스러지면
멀리 불빛들 하나 둘 밝아지는데
어둠은 왜 이리 스멀스멀 밀려오나.

내 작은 창문 너머
흐느끼는 노랫소리 돌아나가고
황혼을 지나 밤으로 가는 플랫트폼.
아무 것도 없는 빈 가방의 빈 손.

시간의 열차는 소리 없이 다가와
창문 너머 돌아나가네.

저쪽 하늘 끝.
노을이 스러진 다음의 어두운 곳으로.

## 노을

노을이여.
한낮의 뜨거운 볕 스러지는 지금
땅거미 밀려오는 지평선 위에서
그대는 붉게 타오르는구나.

노을이여.
곧이어 다가올 어두움
마지막으로 내는 진정으로 아름다운 빛
이제 곧 스러져 잔상(殘像)으로 남겠구나.

노을이여.
그대의 아름다운 빛
찬란하고도 아름다운 빛
보는 이의 마음을 애잔하게 하고
보는 이의 추억을 되살리게 하는구나.

노을이여.
곱고도 아름다운 빛
서쪽 산등성이 능선 위에 오늘도 붉게 타오르겠구나.

노을이여.

그대에게 안녕이란 인사를 전하노라.

부디 다음 생에서도 만날 수 있기를 바라며.

## 누가 날 위해서 울어줄까

나무 위에서 우는 새들
울부짖는 짐승들
바람결에 흐느끼는 나뭇잎들
돌틈에 부딪치며 온몸으로 울어대는 시냇물들.

누가 나를 위해 울어줄 수 있을까.

담장 너머 불어오는 바람결이여
가을녘 도로가에 나뒹구는 낙엽들이여
시들어가는 풀숲들이여
발끝에 채이는 돌멩이들이여.

누가 나를 위해 울어줄 수 있을까.

창문턱 넘어오는 바람이여
내게 말하라.
누가 나를 위로해 줄 수 있는가를.

# 눈

그들은 하늘에서부터 내려온다
그믐밤 볼빛에
하이얗게 드러내는 속살들
어느덧 눈물 되어 눈가에 맺힌다.

아무도 없는 적막감
순백의 벨벳을 즈려밟아 흔적 만드는
달빛도 없는 밤의 고요함.

그 정적이 미지의 세계에서 내려온다

목덜미 간지럽히고
한 방울 물이 되어
샘 속 깊은 곳 찾아들며
아름다운 유혹 펼쳐낸다.

이곳은 미지의 세계.
처녀의 대지.
그대여, 이곳에 흔적을 남기라.
이렇게 속삭이면서.

## 대풍감

침묵.

고요.

정적.

바닷가 따라 구불구불

감돌아 나가는 작은 파노라마.

숨 막히는 고요함.

짙푸른 바닷물.

낭떠러지 발기슭 따라

하얀 모래톱

검푸른 바위들.

그 발밑을 끊임없이 적시는

잔잔한 파도와 하이얀 물비늘.

푸른 하늘에 뜬 흰 구름.

동백나무 숲속 오솔길 지나
비로소 푸른 하늘 푸른 바다 보이던 곳.
아스라한 절벽 위.

고요한 태고의 정적.
물결소리.
그리고 바람소리.

아아, 양수에 들어있는 고요한 나.

## 도동에 비 내리네

도동에 비 내리네
지중해 보다 푸르른 곳

여기는 울릉도 동해바다 한가운데

깎아지른 높은 절벽
좁은 틈새
작은 포구

오징어 잡는 배 두어 척 쓸쓸히 매여있네

바람결에 물결 거칠어지고
흩뿌리는 빗방울 두 뺨을 때리는데

도동의 물색은 아름다운 쪽빛.
그 위로 비가 내린다.

## 도봉산 보문능선

보문능선 내려와
도봉계곡 들어선다.

단풍의 숲을 지나
가을 속으로 들어간다.

여기 가을이 있었다.

바스락거리는 소리.
아, 바람이 불었구나.

바스락거리는 소리.
아, 가을이 따라오는구나.

## 들짐승

들짐승?
머리가 쭈뼛 선다.

살그머니 돌아본다.
낙엽 하나 눈 앞을 스치며 떨어진다.

우수수
바람이 지나간다.

비가 내린다.
아니
눈이 내린다.

아니
낙엽이 내린다.

가을이 쏟아져 내린다.

## 먼 여행에서 돌아와

먼 여행에서 돌아와
언덕에 올라 지나는 바람 바라본다.

팔월의 마지막.
한낮의 햇볕 아직 뜨겁고
큰 길 위의 바람도 제법 더운데

고향으로 돌아온 나그네
정자나무 그늘에 앉아
지나가는 바람을 바라본다.

계절은 다시 바뀌어
어느덧 가을로 가는 길목.
길목에 앉아 다가오는 계절 기다린다.

한없이 멀고 먼 길
아직도 그 길이 남았기에.

## 목련꽃

고절(孤節)한 꽃봉오리
피어날 듯 말 듯.

화사한 모습.
그 밑으로 사람들 지나간다.
꽃그늘 아래.

높이 선 산봉우리
아직 눈이불 덮었는데
아랫녘 기슭에는 화사한 햇살.

이 봄에 나는 또 무얼 해야 하나.

목련꽃 떨어진다.

# 밤비

아침에 창 여니
간밤에 비 왔구나.

꽃은 아직 피지도 않았는데
뉘 꽃 지게 하려
봄비가 밤새도록 내렸을까.

하마 피지 못했을
아름다운 꽃들.

## 보름날 달빛에

아버지
지난밤 잘 주무셨나요.
계신 곳 혹시
춥지 않으셨는지요.

저는 오늘도 변함없이 일터로 나갑니다.

세상살이 쉽지 않다고
초년에 열심히 해야
좋은 한평생 살 수 있다고
늘 푸념처럼 하시던 말씀

한잔 술에 거나하여
꾸짖는 말씀인 줄 알았는데

아버지 오늘 밤은 왜 이리
그 말씀 떠오를까요.

초년에 노력하지 않으면

평생이 힘들다고
왜 더 아프게 꾸짖지 않으셨나요.

오늘 이렇게 눈물 흘릴 것 미리 알았더면
그 말씀 새겨들었을 것을.

아버지 어디에 계시나요
뵈올 수 없을까요.

못난 놈 꾸짖으시고 말없이 돌아나가
동구 밖 어두운 나무그늘 밑
혹시나 들릴세라 꺼억꺼억 숨죽여 우시던 아버지.

그 뒷모습 왜 자꾸만 떠오를까요
이렇게 달 밝은 밤에.

이제 어디에도 계시지 않는 그 모습
뵙고 싶습니다.

거칠고 마디진 손 부여잡고
소리높여 목놓아
꺼이꺼이 울어보고 싶습니다.

그러나 당신은 이제
이곳에 계시지 않고
내 마음 어루만질 사람도 없군요.

오늘은 음력 십오일.
보름날.
달빛이 휘영청 밝기만 한데.

## 비 오는 가을 아침 새가 울기에

비 오는 날
오늘 아침에도 새가 울었습니다.

울음소리 아름답지만
빗소리에 묻혀 애달프게 들립니다.

비 오는 날 우는 새는
나를 위해 우는 것이 아닙니다.

새이기 때문에 우는 것이고,
울기 때문에 새일 수 밖에 없을 것입니다.

그런데도 이 아침
가을비 맞으며 울고 있는 저 새는
누구의 새일까요.

비 맞으며 우는 새 바라보며
자신을 위해 운다고 생각해 봅니다.

이 비 오는 가을 아침에.

## 비가 오고 있습니다

비가 오고 있습니다.
이 아침 꿈결 속
문득 오싹하게 느껴지던 어깨의 시려움.

홑이불 끌어당겨
맨살 드러난 어깨 덮다가
아, 빗소리를 듣고야 말았습니다.

이 비는 언제부터 오고 있었을까요.
어릴 때 듣던 장마비 소리.

살금살금 주룩주룩
하염없이 내립니다.

얼마나 기다렸나요
이 비.

날이 개면 장마 끝나고
그렇게 한 세월 또 매듭지어지겠지요

지금 창밖에는 비 내리고
내 마음은 빗줄기 따라
어디론지 가버립니다.

비 오는 장마철의 이 아침에 말입니다.

## 비 내리는 운주사

부처님들 보살님들 비 맞고 서있다.
버려진 들판
인적없는 골짜기

언덕배기에서
산등성이 아래에서

바위 그늘에서
풀밭 한가운데에서
나무 그늘 밑에서

부처님들 보살님들 비를 맞고 서계신다.

왜 비를 맞으시나.
좋은 전각 좋은 일산 버려두시고
왜 이 황량한 곳에서 비를 맞고 서계시나.

지나던 나그네
공연히 울음 터져나와

부처님들 보살님들 앞에 자그만 돌멩이

불전 대신 던져두고
뒤돌아보며 뒤돌아보며 길 떠나네.

행여 저 부처님들 보살님들
나 가는 길 보고 계실까 봐.

## 삼악산에서

몇 년을 벼르고 벼르다
삼악산에 올랐다.

가파른 오르막
한없이 뜨거운 여름길
배낭에 물도 없고.

곳곳에 철책줄 쇠발굽 발디딤대.

누가 악산(惡山)이라고 했나
정말로 오산(惡山)이로세.

정상 너머 신선이 하늘에 올랐다는 등선폭포.

철사다리 허위허위 올라와
무더운 한여름
북한강 강바람 맞으며
신선이 올랐다는 그 계곡 그리워하네.

## 삼월의 오후

햇살 드는 조용한 방에서
귀 기울여 보세요.

봄의 나른함.
눈꺼풀 자꾸 무거워지는데.

멀리 아련한 소리
아이들 웃음소리
아낙네들 즐거운 말소리.

고물장수 외치는 소리
채소장수 소리
먼데 자동차 지나는 소리.

가만히 귀 기울여 보면 어디선가
개나리 목련 그리고 진달래꽃
슬그머니 피어나는 소리.

아, 삼월의 오후.

## 새벽이 다가오고 있다

칠흑같이 어두운 밤.
밤고양이 소리없이 지붕 타넘다 지치고
자다 깬 수탉 횃대에 올라 우는데

칠흑 같던 어두움 어디로 갔나.

스멀스멀 땅거미처럼 하늘 한 편 밝아오고
땅귀신들 부스스 선잠 깨어 사라지는 이른 새벽.

밤새 꿈자리 뒤숭숭하여
일찍 깨어난 자리
아직 따스한 온기 채 가시지 않아
이불 속 떠나기 두렵지만

그래도 이른 아침.
새로운 날이 시작되는 또 하나의 새벽.

## 송도에서

철 지난 바닷가
햇살은 따스한데
한겨울 바닷바람 거세고 맵기도 하여라.

하이얀 바닷가 모래밭
끊임없이 밀려오는 물결마저
거친 겨울바람 맞서 안으며
하얗게 물거품 토해내누나.

지난 여름
즐겁게 들렸던 그 소리들
더 이상 들려오지 않는데

이별을 준비하는 연인처럼
백사장을 거니누나.

## 새야 너는

새야
너는 누구를 그렇게 애타게 찾아
비 오는 날 내 창가에 와서 울고 있니.

새야
너는 무슨 슬픈 일 있길래 그렇게 구슬피
비 오는 날 내 창가에 와서 울고 있니.

사랑하는 님 잃었니.
비 오는 날 갈 곳 없어 서럽니.

새야
너는 무슨 일로 그렇게
비 오는 날 내 창가에 와서 울고 있니.

비는 주룩주룩 하루종일 내리는데
비에 젖어 파르르 떨면서.

새야

너는 무슨 일로 그렇게
비 오는 날 내 창가에 와서 울고 있니.

이제 그만 숲으로 돌아가렴.
따뜻한 둥지에서 날개 접고 쉬렴.

맑은 날 다시
아름다운 노랫소리 들을 수 있도록.

## 손이 파르르 떨렸다

손이 파르르 떨렸다.
작은 손.

어두운 밤
비에 젖은 골목길

창문 너머 따뜻한 빛 흘러나와
물 고인 길
희미하게 밝혀주었지.

그리고 그 손
내 손 안에 들어왔다.

까닭 모를 전율.
갑작스런 심장의 고동.

어둠 속에서 너의 얼굴
바알갛게 달아올랐지.

고개를 푹 숙인 채 우리는
그렇게 둘이 손잡고 말없이 거닐었지.

그 비에 젖은 어두운 골목길.

입가에는 빙그레 미소 떠오르고
구름 위를 걷는 듯 마냥 기뻤지.

아아, 멀어져간 꿈.
다시는 돌아오지 않을 젊은 날의 꿈이여.

## 순창에서

혹시 가보셨나요
아름다운 곳

안개 낀 이른 아침
강천산을 향하는 메타세콰이어 열병식
가로수 길.

미지의 세계로 들어가는 몽환의 길
안개 속에 줄지어 늘어선 아르나고스.

안개 걷히면
아, 아름다운 아름드리 가로수길

해 저물녘 땅거미 내리면
오, 어둠 속을 향하는 길.
어두운 숲속 엔트들의 행진.

혹시 그곳에 가보셨나요.

## 아버지라네

누가 모성애만 못 하다 했는가

뜨거운 눈물 삼키며
태연하게 그리고 의연하게
나아가야만 하는 운명.

누가 무정하다 했는가
누가 관심 없다 했는가

남몰래 타는 속
한 잔 술에 달래며

인생에 치이고
생계에 치이고
가족에게 치이고

어디에 하소연할까
누구에게 속 시원히 말해볼까.

하늘을 원망하는가.

아니.

스스로를 원망하노라.

저기 짙푸른 높은 하늘

하얗게 빛나는 눈부신 구름

그 하늘 어딘가에

그 옛날 아름다웠던 기억들

추억들

그리고 꿈들

모두 거기에 있건만.

이제는 타는 속 끌어안고

눈물 울음 삼키며

태연히 돌아서서

내색도 없이

묵묵히 오늘을 살아야만 하는

그 이름.

아버지라네.

## 애기동산에 서서

솔밭 건너 아카시아숲 지나
산새들 지저귀는 곳.

여기 양지바른 곳.

작은 나무들 우거져
사월의 바람도 비켜가는 곳.

어릴 제 뛰어놀던 애기동산.

아카시아 싸리나무 관목들
우거진 숲 사이사이 인적 없던 오솔길들
드넓던 풀밭.

이제 모두 사라지고
분주히 오가는 사람들.

도마뱀 때까치 산딸기 방아깨비 여치 메뚜기
나무 아래 시원한 그늘

졸졸거리던 돌틈의 샘물.

모두 어디로 갔나.

고개 들면 시리도록 푸르고 맑은 하늘
옛과 다름없건만

지팡이 짚고 돌아온 언덕.
애기동산 푸른 언덕.

오월의 햇살 옛동산에 쏟아지는데
분주히 오가는 사람들 바라보며

참새 한 마리 벗 삼아
나 홀로 추억에 젖어든다.

## 여름이 가고 있습니다

여름이 가고 있습니다.
유달리 덥고 비가 많았던 여름입니다.

창밖의 하늘은 높고 푸릅니다.
간간이 흰구름 눈부시게 빛납니다.

창턱 너머 바람결에서 시원한 기운 느껴지고
짜증스럽던 매미소리
청량하고 시원하게 들립니다.

먼데 숲속을 지나 한 줄기 바람이 불어옵니다.

팔월의 끝자락.
오후의 나른함
길게 늘어서는 가로수의 그림자들

저녁노을 찬란하게 비끼며
그렇게 또 하나의 여름이 가고 있습니다.

## 운명의 바람이

운명의 바람이 나를 이곳에 오게 했다.

지금 내가 서있는 곳은 망망대해.
물결에 흔들리는 작은 돛단배.

스쳐 지나온 수많은 항구와 섬들...

순풍은 나로 하여금 나아가게 하고,
역풍은 절망으로 항해하게 한다.

지금은 바람 없어 그대로 서있다.

뱃전에 부딪치는 물결
그 물결 하염없이 바라보며
지금은 멀리 가버렸을 물결을 생각한다.

바람이여...
파도여...
물결이여...
세월이여...

운명의 바람이 오늘도 나를 이곳에 오게 하였다.

# 오월

부드러운 바람 창턱을 넘어와
가녀린 목덜미 부드럽게 어루만지고
건너편 마루문으로 돌아서 나간다.

이 봄에 또 어느 누가 나를 찾아올까

여린 초록빛 새잎들
돋아나 숲을 이룰 때

화창한 햇볕
내 목을 간지럽히며
따스한 기운 아름답게 반짝일 때

아아, 오월이 주택가 골목길
라일락 아래 담장에도 찾아왔구나.

기다리는 사람 없어도 찾아오는 봄이여.

나는 그대와 더불어

또 다른 오월을 기다리노니,

뻐꾸기 울기 전까지.

아카시아 꽃 필 때까지.

그리고 오월의 바람 찾아올 때까지.

## 운주사 돌부처를 생각하며 1

몇 겁의 세월이 지났을까.

돌부처 얼굴 저렇게 알아볼 수 없으니
도대체 몇 겁의 세월이 지났을까.

자비로운 미소마저 띠지 못하니
도대체 몇 겁의 세월이 지났을까.

장삼 가사 자락이 저렇게 낡고 이끼 끼어 있으니
도대체 몇 겁의 세월이 지났을까.

유정한 마음 어루만지느라 손발이 저렇게 닳았으니
아아. 도대체 몇 겁의 세월이 또 지나야
다시 이 돌부처 만나볼 수 있으랴.

내 손도 얼굴도 마음도
세월 따라 문드러지고 닳아져
이미 그 형체를 찾을 수 없으니.

## 운주사 돌부처를 생각하며 2

삼생 구세의 기이한 인연
어이타 이곳에 돌이 되어

석수(石手)의 돌망치에
깨어지고 부서져

부처님 형체로 화해도
해탈 얻지 못하고

몸과 마음 그대로 이끼 낀 채
풍상(風霜)에 시달리누나

일찍이
부처 되지 못한 한스러움과 원망
돌조각에 담았으니
뉘라서 모든 것을 여의었다 할 것인가.

## 운주사 1

운주사 들어가는 길
비에 젖어 있습니다.

유월
비 맞은 들녘
말갛게 씻겨보이고

산녘의 푸르름은
청초하기만 합니다.

가로수 서있는 아름다운 길 따라
천불 천탑
천년의 공양을 뵈오러 가는 길.

한 줄기 밝은 빛 구름 사이로
비에 젖은 시골길 비춰줍니다.

언제 다시 올지 몰라
아픈 다리 무릅쓰고

용화세계로 달려가는 길
부처님 뵈오러 가는 길.

미륵 부처님 뵈오러.
천년의 마음 뵈오러.

운주사 들어가는 길이
비에 젖어 있습니다.

## 운주사 2

비 오는 풀밭에
부처님 서계시네.

우산도 아니 쓰고
비옷도 아니 입고

이 비 오는 날 부처님은 무얼 바라
저렇게 서계시나.
비 피할 생각도 아니하시고.

수억 수만 발길 이어졌지만
무심하게도 가여운 중생들

비 맞는 부처님
비옷 입힐 생각 아니하네.
다만 두손 모아 축원을 올릴 뿐.

그래서 부처님은
풀밭에 서계신다네.

외따로 떨어진 깊은 골짜기

쓸쓸한 녘에

오늘도 비 맞으며.

## 을숙도에서

수많은 철새들 노닐던 곳

철새들 모두 날아가고
더 이상 찾아오지 않는다네.

알 품고 새끼 품던 그 갈대밭
둔치로 변해 사람들 노닐며
오지 않는 철새를 탓한다네.

그대로 두었으면 저희들끼리 알 까고 새끼 까고
저희들끼리 잘 알아서
가을에 떠나고 봄 되면 찾아오련만

그냥 두었으면 그 둥지에서 알 까고 새끼 까고
겨울이면 찾아오고 봄 되면 떠나련만

사람들 그 자리에서 노닐며
오지 않는 철새를 탓한다네.

아아. 철새는 날아가고…

## 이제 빛은 한낮에도 눈부시지 않고

이제 빛은 한낮에도 눈부시지 않고
오후의 그림자를
길 위에 길게 드리울 뿐이다.

지난 여름 풀이 우거져 비좁던 오솔길
어느 틈엔가 시원하게 넓어져 있다.

뻐꾸기 소리 이제 들리지 않고
철 지난 풀벌레 소리 숲속에 가득하다.

## 이제는 가야 할 때

지난 여름의 아우성소리
이젠 들리지 않는다.

잎사귀 사이로 가을의 빛
길게 그림자 끌리며

메말라 먼지 이는 좁은 길 위에
내려앉는다.

이제는 가야 할 때.

누구도 지난 여름을 아쉬워하지 않는다.

노을 지는 저녁과 멀리서 불어오는 바람
물들어가는 잎사귀와 시들어가는 풀잎 속에
또 다른 봄이 기다리고 있기에.

## 작야세우성(昨夜細雨聲)

간밤에 이슬비 내리는 소리
아침에 한 가닥 바람이 일었네.
봄은 어디로 가느메오
긴긴밤 또 한 번 꿈을 꾸었네.

작야세우성(昨夜細雨聲)
금조일진풍(今朝一陣風)
춘래하처거(春來何處去)
장야우일몽(長夜又一夢)

## 인연

어느 날 문득 이런 생각이 들었다.

저 산과 저 물
저 바다와 저 하늘
저 숲과 저 나무들

내 죽은 뒤에도 온전하게 있으려니…

계절은 여전히 돌아오고
강물은 여전히 흐르는데,

이 물은
전에 내가 보지 못했고,
나중에도 보지 못할 것.

내 죽은 뒤에도 저 새들 지저귀고,
내 죽은 뒤에도 가을이면 단풍 들 터이니,

이 단풍은

전에 보지 못했고
나중에도 보지 못할 것.

길거리를 오가는 저 사람들
전에도 보지 못했고
나중에도 보지 못하리니
내 죽은 뒤에도 이 길에 사람들 오고 가리.

그 가운데 인연 따라 왔다가
세월 따라 돌아가리.
목숨 있는 것들 모두가 그러하듯이.

## 절벽의 낭떠러지

저기 까마득한 절벽의 낭떠러지
그 위로 오르는 작은 틈길.

손뼘 둘 너비의 길.
누가 다니는 길일까.

멀리서 보면 하나의 돌멩이.
하나의 모래알.
그 위를 기는 작은 벌레.

그렇게 태고의 영겁을 지나도
저 까마득한 낭떠러지

아직 내 눈길 안에 있다.

## 진달래 피었습니다

진달래 피었습니다.
아무도 오지 않는 후미진
이 산길.

수줍게 반쯤 열린 꽃봉오리
살포시 웃음 머금은 채

때 늦은 찬 기운에 놀라
살며시 머리 숙인 진달래.

보아주는 이 없어
이 봄에 홀로 피었다가
홀로 돌아갑니다.

## 청계천에 봄이 왔다

따뜻한 햇살 아래
물고기들 노닌다.

물가에 선 작은 나무들.
파릇파릇
새순이 돋아난다.

시들어 마른 풀숲에서
새 풀이 돋아난다.

맑은 물 위로
꽃잎 한 점 떠내려간다.

아, 청계천에 봄이 왔다.

## 초여름 오기 전 오월

아카시아꽃 언제 피었었노.
초여름 오기 전 오월.

신록이 우거져 그늘 이루고
담장 위로 장미꽃 고개 내밀어.

늦은 봄 전송하러 올라오던 길
고갯마루 오솔길

아카시아 그윽한 향 간데없고
주렁주렁 하이얀 꽃송이들 떨어져

길 위에 싯누렇게 가득 깔린
아카시아꽃의 잔해들이여.

가지 않은 봄과
오지 않은 여름 사이에서
순백색 너희들의 향기마저 사라졌고나.

## 태종대에서

차디찬 겨울바람
휘몰아치는 높은 언덕
혹한의 바람 옷깃을 파고드는데
동백은 아직 피지 않았다.

겨울 잊은 동백들
반짝이는 푸르름 속에서
바야흐로 꽃봉오리 부풀어 오르는데

이 한겨울 높은 언덕에서
차가운 칼바람 맞으며
나는 무엇을 구하려 하나.

바닷물 변함없이 푸르르고
철썩이는 물결소리 한결같은데.

## 팔월의 한낮

뜨거운 햇볕에 눈이 부시고
들녘의 곡식
남서풍에 익어간다.

잘 달구어진 팔월의 대지
숨 막힐 듯 열기를 뿜어내는데
큰 나무 그늘에 누워
오가는 바람을 헤어본다.

눈부신 뭉게구름
끝없이 피어오르고
그 너머 맑게 개인 푸른 하늘
바다처럼 푸르다.

뉘라서 알리.
세월은 바람 따라 오가며
다시 또 새로운 세월 만드는 것을.

## 호수에 잠긴 구름

호수에 잠긴
엷은 구름.

그 물에 나를 담그고
바위 끝에 선다.

가을이 지나기 전에는
결코 그 가을
보내지 않으려고.